AF336347

LA

CONVERSION

DE LA

RENTE 5 $\%$

PRIX : 50 CENTIMES

ADRESSER LES DEMANDES

A

M. C. PARAGE, BANQUIER

13 *bis*, rue d'Aumale.

PARIS

LA

CONVERSION

DE LA

 RENTE 5 

PRIX : 50 CENTIMES

ADRESSER LES DEMANDES

A

M. C. PARAGE, BANQUIER

13 *bis*, rue d'Aumale

PARIS

BIBLIOTHÈQUE NATIONALE R.F. IMPRIMÉS

LA CONVERSION

DE LA RENTE 5 0/0

Ce qu'on entend par Conversion.

C'est le taux de l'intérêt qui donne la mesure exacte du crédit d'une nation, c'est lui qui détermine le taux réel auquel l'État pourrait contracter un emprunt.

Quand une nation possède une épargne considérable, quand chaque jour amène un accroissement de son capital, alors l'intérêt de l'argent diminue, le marché devient prospère et les cours des fonds publics s'améliorent. Dans ces conditions, il est tout naturel que l'État qui a, comme tout particulier, le droit de rendre l'argent qu'on lui a prêté, vienne dire à ses créanciers : jusqu'à présent, je vous ai payé 5 o/o d'intérêt, mais je puis trouver de l'argent à bien meilleur marché, et, à dater de ce jour, je ne vous servirai plus qu'un intérêt de 4 o/o; ceux qui n'accepteront pas cette réduction seront remboursés, comme c'est mon droit.

Voilà ce qu'on entend par conversion. Qui dit conversion, dit par conséquent réduction d'intérêts ou remboursement.

Des emprunts. — Obligations qui en découlent. Choix du type de rente.

Pour se rendre compte du mécanisme des conversions, opérations qui sont très simples en elles-mêmes, mais qui, dans l'application, rencontrent souvent des difficultés, il convient de savoir à quoi s'engage l'État qui contracte un emprunt.

Lorsqu'un Etat ouvre une souscription publique, il commence par faire choix du type de rente qu'il va créer ; ce choix a une importance considérable. Quel que soit en effet le type adopté, qu'il emprunte en rentes 5 o/o, 4 o/o ou 3 o/o, il contracte l'obligation de payer une rente perpétuelle de 5, 4 ou 3 francs, à ses prêteurs, et il ne peut s'affranchir de cette obligation qu'en remboursant 100 francs.

Ainsi, en 1871 et en 1872, dans les deux emprunts qui furent faits par la France, le gouvernement créa des rentes perpétuelles 5 o/o. Qu'est-ce qui guida l'État dans ce choix ? Pourquoi n'avoir pas créé des rentes 3 o/o par exemple ?

La raison en est simple. A cette époque, et malgré ses malheurs, la France avait foi dans l'avenir ; elle savait que tôt ou tard son crédit, alors tombé si bas, se relèverait ; elle savait que ce 5 o/o qu'elle émettait à 82 fr. 50 en 1871 vaudrait bientôt 100 fr., et au delà. Elle entre-voyait donc la possibilité de rembourser ses créanciers et par suite de diminuer ses charges.

En aurait-il été de même avec le 3 o/o ? Évidemment non. Le 3 o/o eût été émis à 5o francs, par exemple ; comme tout type de rente, il eût été remboursable à 100 francs. Malgré la merveilleuse force vitale dont la France a fait preuve, malgré ses immenses ressources, il n'est guère permis d'entrevoir le cours de 100 francs pour le 3 o/o, même dans un avenir éloigné ; en choisissant ce type de rente, la possibilité du remboursement eût donc été bien faible, pour ne pas dire illusoire.

Cependant il n'est pas impossible, comme bien des personnes semblent le croire, de convertir le 3 o/o. Pour le faire avec profit, il faudrait que ce fond montât au-dessus de 100 fr., et qu'il se trouvât de nouveaux prêteurs se contentant d'un intérêt de 2 1/2 o/o.

Le choix qui fut fait en 1871 a donc été heureux, puisqu'il va permettre à l'État de diminuer les charges de sa dette en remboursant ses créanciers.

Nous avons vu, à plusieurs reprises, dans des journaux financiers, soutenir cette thèse : à savoir que les charges de l'Etat eussent été les mêmes indépendamment du type de rente choisi, que ce soit le 5 o/o ou le 3 o/o. Cela est absolument faux ; tout le monde sait en effet que plus une coupure est petite, toutes choses étant égales d'ailleurs, plus son prix est élevé, relativement.

Il est facile de s'en assurer : examinons la cote de la Bourse, prenons une valeur possédant plusieurs coupures, comme par exemple les Ville de Paris 1871, et nous verrons que *quatre quarts* d'obligation coûtent sensiblement plus cher qu'*une* obligation entière. Quelle en est la raison ? C'est la grande loi de l'offre et de la demande qui nous fournira la réponse. Vous trouvez plus facilement 100 fr. que 400, vous aurez donc plus de demandes de quarts d'obligation que d'obligations entières.

Que conclure de là ? C'est que si, en 1871, l'Etat avait choisi le type 3 o/o, cet emprunt en 3 o/o aurait été émis à un cours relativement plus élevé que ne le fut le 5 o/o ; et, pour obtenir le capital dont il avait besoin, il n'aurait pas été forcé d'émettre sur le marché autant de rentes.

Par suite du choix fait, il paie donc un intérêt plus grand que si le type 3 o/o avait été adopté, et toute la question est de savoir si la différence payée annuellement en plus pendant le laps de temps écoulé entre le jour de l'émission et celui de la conversion, donne, augmentée des intérêts, une somme plus grande ou plus petite que celle qu'il retirera de l'opération de la conversion.

Cette question pourrait donner lieu à une étude fort intéressante, mais peut-être un peu trop abstraite ; nous nous contenterons donc d'en donner le résultat en disant qu'il est toujours plus avantageux de choisir un type de rente élevé lorsqu'un Etat se trouve dans une mauvaise situation et qu'il espère en sortir rapidement.

Nous avons vu que, lorsque l'Etat fait une souscription publique, il se réserve, par suite même des clauses de cette souscription, la faculté de ne jamais rembourser le capital emprunté ; il sert alors une rente perpétuelle à ses créanciers ; mais que, d'autre part, il conserve le droit de se libérer par le remboursement de sa dette. Il découle naturellement de là qu'il n'effectuera un remboursement que s'il y trouve des avantages.

Ce sont ces clauses ignorées du public qui donnent lieu à tant de récriminations toutes les fois que l'on convertit. Nous avons bien souvent entendu dire que l'Etat faisait là un acte illégal et peu moral. Il n'en est rien. Il use simplement d'un droit, très préjudiciable il est vrai aux rentiers, mais absolument incontestable.

Nous ferons d'ailleurs remarquer que, dans le cas actuel, les prêteurs primitifs n'ayant versé que 82 fr. 5o, sont peu à plaindre, puisqu'on leur rembourse, s'ils le désirent, une somme de 100 fr. ; l'opération se solde ainsi pour eux par un bénéfice de 17 fr. 5o.

Conditions nécessaires pour effectuer une Conversion.

Le moment est-il venu de convertir le 5 o/o ? La réponse à cette question découle de l'examen attentif de la situation générale de l'Etat, tant au point de vue financier qu'au point de vue politique.

Pour qu'une opération aussi considérable que

celle qu'il s'agit d'entreprendre ait des chances sérieuses de réussir, il faut :

Que le pays soit calme et prospère ;

Que l'avenir soit assuré ;

Que le taux du crédit de l'Etat soit inférieur à celui de la dette à convertir ;

Enfin, que le Trésor soit dans une situation florissante, de manière que les remboursements qui seraient demandés puissent être faits sans aucun embarras.

Examinons rapidement si ces conditions sont remplies.

Le pays est-il calme ? Pour le moment, nous n'avons à craindre à l'intérieur aucune agitation, et le gouvernement est parfaitement maître de la situation. Mais si le pays est calme, nous ne pouvons pas dire qu'il est prospère. L'industrie subit dans le monde entier une crise intense à laquelle la France n'a pu échapper, et il est à craindre qu'elle ne s'accentue davantage. Malgré les souffrances de l'industrie, notre situation financière est incomparable ; sur ce terrain pas un seul Etat n'est capable de lutter avec nous. Tandis que nous voyons tous les budgets étrangers en déficit, chez nous tous les impôts rentrent avec une facilité inouïe en donnant des excédents considérables sur les prévisions budgétaires.

Et quel budget ! voyez le dernier, celui de l'année 1880, il s'élève à plus de 3 milliards 1/2 de francs !

A l'extérieur notre situation est bonne, l'Europe est tranquille et personne ne doute de nos intentions pacifiques.

En ce qui concerne le taux de l'intérêt, il est à remarquer qu'il s'abaisse tous les jours. La Banque de France escompte à 3 o/o et prête à 4 o/o ; mais beaucoup d'autres établissements de crédit escomptent à 2 o/o. Le taux de l'intérêt s'est donc abaissé d'une manière générale dans toutes les transactions, et aujourd'hui l'Etat trouverait sans peine àemprunter à un taux bien inférieur à 5 o/o.

C'est ce que prouve d'ailleurs surabondamment l'examen de la cote de la Bourse. Le 3 o/o est à 81 fr. 5o ; à ce prix il représente un intérêt de 3 fr. 68 pour 100 fr. de capital ; le 5 o/o est à 116 fr., il donne donc 4 fr. 31 pour 100 fr., soit une différence de o fr. 63 entre ces deux types de rente. Pour le moment ne nous occupons pas de cette différence; nous verrons plus tard ce que nous devons en conclure. Il nous suffit de remarquer que ces deux chiffres sont sensiblement inférieurs à 5 ; par conséquent l'intérêt que l'Etat doit conserver à sa dette est en dessous de ce dernier chiffre.

Enfin, le Trésor est dans une excellente situation ; nos impôts, pourtant si lourds depuis la dernière guerre, rentrent avec une facilité extraordinaire et voilà plusieurs exercices qui se soldent par des excédents inattendus. Nous n'avons pas encore le chiffre exact pour l'année qui vient de s'écouler, mais nous pouvons affirmer sans crainte qu'il dépassera 140 millions.

Quant aux remboursements de rentes qui seraient demandés, le Trésor y pourvoirait de plusieurs manières : il aurait d'abord son encaisse
au moment où l'opération s'effectuerait ; il aurait
des bons du Trésor qu'il serait autorisé à négocier ; et, par mesure de prudence, un décret
donnerait au ministre des finances la faculté
éventuelle de négocier des rentes, si par extraordinaire cela devenait nécessaire.

En dehors des ressources que nous venons
d'énumérer, l'Etat pourrait encore s'adresser aux
Caisses d'Epargne et à la Banque de France, qui
possède à elle seule dans ses caves, en numéraires
seulement, près de 2 milliards de francs.

On le voit, les ressources ne manqueraient pas,
et nous sommes persuadés que, la conversion
s'effectuant, on n'aurait pas à les utiliser.

Sauf la situation assez critique de l'industrie
française, tout nous montre que le moment est
proche où la conversion s'imposera à nos gouvernants. S'effectuera-t-elle bientôt ? Nous n'osons
l'affirmer et comprenons volontiers l'hésitation
du gouvernement au moment d'entreprendre une
opération aussi colossale. Toutes les conversions
qui ont été faites jusqu'à ce jour, en France, rou-
laient sur des chiffres relativement faibles compa-
rativement à celle dont il s'agit ici : Convertir
346 millions de rentes 5 o/o équivaut en effet à un
remboursement de 6 milliards 920 millions de
capital, soit près de 7 milliards.

Que l'on s'imagine ce qui arriverait si, en pleine
conversion, une guerre venait à éclater en Europe,

ou si, malgré notre ardent désir de vivre en paix, nous étions l'objet d'une agression de la part d'un voisin irrité de voir la marche rapide de notre résurrection, et l'on conviendra que la responsabilité du ministre des finances, à qui incombe la lourde tâche de mener à bonne fin cette opération, est grande, et qu'il ne saurait apporter trop de soins dans le choix du moment où elle devra s'effectuer.

Taux du Crédit de l'Etat.

Le taux actuel du crédit de l'Etat nous est fourni par les cours des différentes rentes françaises que nous reproduisons ici :

Rente 5 o/o	. . . .	116
» 4 1/2 o/o	. . .	112.75
» 4 o/o	. . . .	101
» 3 »	. . .	81 50

L'examen de ces chiffres nous montre que le 5 o/o à 116 représente un intérêt de 4,31 o/o ;

Le 4 1/2 à 112.75 représente un intérêt de 3,99 o/o ;

Le 4 o/o à 101 représente un intérêt de 3,96 o/o ;

Le 3 o/o à 81.50 représente un intérêt de 3,68 o/o.

Comment allons-nous de ces chiffres tirer le taux réel auquel l'Etat trouverait à emprunter ?

Le 4 1/2 o/o et le 4 o/o rapportent à peu près le même intérêt ; mais l'écart entre le 5 o/o et le 3 o/o est très sensible. On peut expliquer cette différence de la manière suivante :

La conversion du 5 o/o est escomptée depuis longtemps déjà ; tout le monde s'attend à cette opération, nous en trouvons la preuve dans les ordres de Bourse passés par les Recettes générales, où très souvent nous voyons figurer des arbitrages de 5 o/o contre du 3 o/o, opérations désavantageuses et contraires à toutes les règles ; mais ces arbitrages sont faits précisément en prévision de la conversion et dès lors s'expliquent facilement.

Le 5 o/o ne peut donc pas nous fournir le taux vrai du crédit de l'Etat ; le 3 o/o non plus, car ce type de rente est également influencé, mais en sens inverse du premier ; nous l'obtiendrons en prenant la moyenne entre les deux, c'est-à-dire entre 4,31 et 3,68.

Il est à remarquer que le chiffre auquel nous arrivons ainsi, 3,995, ne diffère pas sensiblement de 3,99 et 3,96 qui représentent respectivement l'intérêt du 4 1/2 o/o et du 4 o/o. Il nous est donc permis de dire qu'actuellement l'Etat trouverait à emprunter à 4 o/o.

Ce fait établi, nous allons passer en revue les différents modes de conversion qui peuvent être adoptés par l'Etat.

Différents modes de Conversion du 5 o/o.

La conversion du 5 o/o peut s'effectuer de diverses manières :

On peut le convertir en 4 o/o, c'est-à-dire abaisser purement et simplement l'intérêt de 1 o/o ;

On peut le convertir en 4 o/o ou en 3 o/o, chaque souscripteur continuant à recevoir la même quantité de rentes, à la condition de verser une soulte déterminée ;

On peut convertir 5 fr. de rente 5 o/o en 4 fr. de rente 3 o/o ;

On peut le convertir en rentes amortissables ;

On pourrait trouver encore bien d'autres combinaisons. Mais, à priori, il convient d'éliminer celles qui sont compliquées et qui ne sont pas comprises aisément par la masse des rentiers. Agir autrement serait s'exposer à un échec. Nous croyons donc qu'il faut choisir une solution simple, compréhensible pour tout le monde, et dont le résultat soit certain.

Suivant nous, la solution serait : proposer 4 fr. de rente au lieu de 5, ou le remboursement.

Ce système, le premier qui se présente à l'esprit, est d'ailleurs le plus équitable ; il est bien préférable à celui appelé *conversion en un fonds au-dessous du pair,* proposé par M. de Villèle en 1824 et appliqué en 1862 par M. A. Fould. Car, s'il ne produit pas, en une seule opération, la même réduction d'intérêts de la dette, c'est-à-dire si les bénéfices réalisés par l'Etat sont moindres, d'autre part il n'augmente pas le capital de la dette, comme le fait le système de M. de Villèle, et en outre il permet d'opérer d'autres conversions lorsque le crédit de l'Etat s'est de nouveau amélioré.

Conversions effectuées en France et à l'Etranger.

En 1852, le 5 o/o fut converti en 4 1/2 o/o par un décret présidentiel en date du 14 mars. Ce décret offrait aux porteurs de 5 o/o l'option entre le remboursement de leur créance et la réduction de leur intérêt à 4 1/2 o/o. Tout propriétaire d'inscription qui dans un délai de vingt jours n'aurait pas demandé son remboursement, devait recevoir en échange de son inscription un autre titre à raison de 4 fr. 50 de cette rente nouvelle pour chaque 5 fr. de rentes anciennes. De plus il était stipulé que le nouveau fonds 4 1/2 o/o, remis en échange, serait garanti pour dix ans contre l'usage du droit de remboursement.

Cette combinaison avait été proposée par M. Bineau, alors ministre des finances, et le résultat fut conforme aux prévisions contenues dans le rapport qu'il adressait au Président de la République et dans lequel il s'exprimait en ces termes : « Le 5 o/o n'est qu'à 103.70 ; mais ce fonds est déprimé par la prévision, dès longtemps admise de la conversion, et le 3 o/o dont le cours est la véritable mesure du crédit de l'Etat, est aujourd'hui à 68,60, ce qui, déduction faite de la portion d'intérêts déjà acquise, met à un peu plus de 4 1/3 o/o le taux d'intérêts qu'il offre aux rentiers.

« Dans ces conditions, les rentiers porteurs de 5 o/o n'hésiteront pas, j'en suis convaincu, à accepter la conversion. Ils l'accepteront, parce qu'en réclamant le remboursement de leur capital, ils ne pourraient trouver nulle part pour ce capital un emploi qui fût à la fois aussi sûr et aussi avantageux. Ils ne réclameront pas leur remboursement pour acheter du 3 o/o, car ils ne retireraient de ce placement qu'un intérêt moins élevé ; ils ne le demanderont pas pour acheter des valeurs industrielles, car les capitaux qui alimentent les entreprises de cette sorte ne sont pas les mêmes que ceux qui vont s'inscrire au Grand-livre. Ce qu'on cherche dans les valeurs industrielles, c'est, à côté des chances de perte, des espérances de revenus élevés ; ce que demandent les rentiers, c'est la sûreté du capital, la fixité et la régularité des revenus. Les rentiers accepteront donc la conversion ; ils l'accepteront en France, comme ils l'ont acceptée dans les autres Etats. »

Pour montrer l'influence du décret du 14 mars 1852, nous reproduisons ci-dessous les cours des différentes rentes françaises au moment où il parut au *Moniteur Universel*.

COURS DES RENTES		DIFFÉRENCES	
12 mars	15 mars	+	—
5 o/o — 103,40	100,60.		280
4 1/2 — 89,50	100,25 ..	10,75	
4 — 83,00			
3 — 68,60	70,00 ..	1,40	

L'examen de ce tableau fait voir que tandis que le 4 1/2 o/o montait d'une séance à l'autre de 10 fr. 75, le 5 o/o baissait au contraire de 2 fr. 80 pour se rapprocher du pair.

En 1862, enhardi par ce premier succès, le gouvernement impérial chercha à réaliser de nouvelles économies en proposant la conversion du 4 1/2 o/o, du 4 o/o et des obligations trentenaires en 3 o/o. L'opération, conduite par M. A. Fould, se distinguait des conversions ordinaires qui sont obligatoires, par la liberté laissée à chacun de refuser la conversion et de conserver ses anciens titres. D'ailleurs, au moment où elle fut faite, le 4 1/2 et le 4 o/o étant au-dessous du pair, il eût été assez difficile de la rendre obligatoire ; les porteurs de rentes auraient, dans ce cas, tous opté pour le remboursement et le gouvernement n'aurait retiré de l'opération qu'une augmentation de charges. Ce n'était évidemment pas là le but qu'il poursuivait.

La conversion de 1862 fut donc facultative, et et elle fut faite en vue de l'unification de la dette ; elle n'imposait aux rentiers aucune réduction de leurs revenus, mais les obligeait seulement à verser au Trésor public une somme ou soulte proportionnelle au montant des rentes à convertir. L'opération profitait ainsi au Trésor, qui encaissait le montant de ces soultes sans augmenter les charges de la dette publique, le capital seul de la dette était augmenté. Le décret du 12 février fixa à 5 fr. 40 la soulte à compter au Trésor pour échanger 4 fr. 50 de rente 4 1/2 o/o contre 4 fr. 50 de rente 3 o/o et à 1 fr. 20 par 4 fr. de rente la soulte du 4 o/o. Cette soulte était payable en six termes échelonnés de trois mois en trois mois.

Ce système n'était autre chose que celui proposé en 1824 par M. de Villèle; il ne diminue pas les charges du Trésor et il augmente le capital de la dette, c'est donc un emprunt sous une forme détournée. Nous lui préférons celui qui consiste en une réduction pure et simple d'intérêts ou un remboursement.

C'est d'ailleurs le mode adopté par l'Angleterre, la Belgique et la Prusse; l'Amérique procède aussi de la même façon.

Par trois conversions successives opérées de 1822 à 1844, l'Angleterre a réduit de 5 à 3 o/o l'intérêt de sa dette; elle fit une première conversion de son 5 o/o en 4 o/o, puis du 4 en 3 1/2 o/o, et enfin du 3 1/2 en 3 o/o. Elle diminua ainsi ses charges de 2/5, et cela sans que le capital de sa dette ait été augmenté. En 1844, lors de la conversion du 3 1/2 o/o en 3 o/o, il s'agissait d'un capital de 250 millions sterling, c'est-à-dire de 6 milliards 250 millions de francs, et les demandes de remboursement se sont élevées à peine à 1 million 500 mille francs!

En 1842, la Prusse a converti sa rente 4 o/o en 3 1/2 o/o en adoptant le même principe que l'Angleterre.

En 1844, la Belgique a converti de même son 5 o/o en 4 1/2 o/o, et dans quelques mois ce 4 1/2 aura lui-même disparu pour faire place à du 4 o/o.

L'Amérique a converti son 6 o/o en 5, puis en 4 o/o.

Le Wurtemberg va émettre un emprunt en 4 o/o pour rembourser les emprunts de 5 o/o qu'il a contractés en 1870 et 1871.

Enfin, la Suisse étudie en ce moment une conversion du même genre.

Voici d'ailleurs comment s'exprimait M. Bineau, le ministre des finances qui fit la conversion de 1852, en parlant du système adopté par l'Angleterre, la Belgique, la Prusse, etc... : « Ainsi faites, les conversions sont des opérations aussi simples qu'avantageuses pour le Trésor et équitables pour les rentiers.

— « Elles ne sont autre chose que l'application à la dette de l'État de l'abaissement progressif de que le taux général de l'intérêt éprouve dans le pays. A diverses époques depuis 1824, on a proposé en France de substituer à ce mode si simple, si naturel, si équitable, un système de conversion plus compliqué, qui avait pour objet de réduire davantage l'intérêt de la dette en accroissant son capital. Dans ce système on demandait aux rentiers une réduction d'intérêt plus considérable, en leur offrant comme compensation l'augmentation ultérieure de leur capital. C'est ce qu'on a appelé la *Conversion en un fonds au-dessous du pair,* c'est ce que M. de Villèle a tenté sans succès en 1824 et 1825.

« M. de Villèle en 1824 offrait aux rentiers de convertir le 5 o/o en 3 o/o, qui leur serait délivré au taux de 75 fr., ce qui revenait à leur donner en échange de 5 fr. de rente 5 o/o 4 fr. de rente 3 o/o; d'où il résultait pour eux et pour le Trésor une diminution de 1/5 dans l'intérêt et une augmentation de 1/3 dans le capital de la dette. Depuis cette époque, on a reproduit ce système en faisant varier le taux auquel le 3 o/o serait délivré aux rentiers et faisant varier par suite la réduction de l'intérêt et l'augmentation du capital. Ce projet a toujours été écarté. »

Économies résultant de la conversion du 5 o/o.

Les économies que la conversion du 5 o/o permettrait de réaliser, se chiffrent par une somme énorme. Si, en effet, du budget général des dépenses pour l'année 1880, voté par les Chambres dans la dernière session législative, nous extrayons les chiffres relatifs aux dépenses de la dette publique, nous voyons que

la rente 5 o/o exige.	fr.	345,743,272
» 4 1/2 »		37,442,779
» 4 »		446,096
» 3 »		362,325,399

L'État paye donc annuellement en rentes 5 o/o 345,743,272 francs; s'il convertissait cette rente en 4 o/o, c'est-à-dire s'il abaissait l'intérêt qu'il sert à ses prêteurs de 1 o/o, il réduirait ses charges de 1/5, en d'autres termes de 69,148,654 francs. Cette opération aurait donc pour résultat d'alléger le budget d'une somme énorme et donnerait une plus grande élasticité à notre 3 o/o, que nous verrions bondir à 85 et peut-être 90 francs.

BIBLIOTHÈQUE NATIONALE — R.F. — IMPRIMÉS

A propos du récent article du « Journal des Débats. » Conclusion.

Le *Journal des Débats,* dans un article publié il y a quelques jours à peine, se prononce ouvertement pour la conversion du 5 o/o. Les relations de ce journal avec M. Léon Say donnent une grande importance à cet article qui a même été attribué à notre ancien ministre des finances.

M. Léon Say regarde la conversion du 5 o/o comme une véritable nécessité, et, au moment où il a quitté le ministère, il se proposait, paraît-il, de convertir la rente 5 o/o en 4 1/2 au pair, garanti contre tout remboursement pendant dix ans. C'était, on le voit, purement et simplement l'opération faite en 1852 par M. Bineau.

Ce mode de conversion est celui que nous préférons en principe, mais convertir le 5 o/o en 4 1/2 ainsi que le propose M. Léon Say, nous paraît absolument insuffisant; c'est une idée bâtarde. Le 4 1/2 n'est-il pas coté en ce moment 113 et 114 francs? S'engager à ne pas convertir le nouveau 4 1/2 pendant une durée de dix ans, serait obliger l'État à servir aux rentiers un intérêt beaucoup plus élevé que le taux de l'intérêt actuel. Ce serait là une folie! Car, suivant nous, convertir le 5 o/o en 4 1/2 conduirait nécessairement à effectuer, le lendemain même de cette première opération, une nouvelle conversion du 4 1/2 en 4 o/o. N'avons-nous pas fait voir, dans le courant de cette étude, que le taux actuel du crédit de l'État est inférieur à 4 o/o? Pourquoi dès lors ne pas abaisser l'intérêt servi aux rentiers à ce taux? Pourquoi s'arrêter à une demi-mesure, alors qu'il est si facile d'en prendre une décisive et complète?

Nous le répétons, il n'y a qu'une seule solution possible : proposer 4 fr. de rente au lieu de 5 ou le remboursement au pair. Cette solution s'impose et s'imposera tous les jours avec plus de force. Tous les États ont diminué et diminuent constamment l'intérêt servi aux rentiers à mesure que le taux général de l'intérêt s'abaisse dans le pays. C'est ainsi que nous voyons figurer à la Cote, du 3 o/o en Angleterre, du 3 1/2 en Prusse, du 4 o/o en Belgique et en Amérique, etc. La France sera-t-elle le seul pays qui continue à servir 5 o/o à ses prêteurs? Est-ce que le crédit de la France ne vaut pas celui de ces Etats? Eh bien! pourquoi hésiter? pourquoi attendre? Ce 5 o/o est une honte pour notre pays et nous rappelle de trop cruels souvenirs; nous le verrions disparaître sans peine du Grand-livre de la dette publique. Il faut que le gouvernement en prenne son parti : la conversion est nécessaire, elle est opportune, elle est patriotique, et nous espérons que le jour n'est pas éloigné où nos gouvernants reconnaîtront enfin qu'ils n'ont pas le droit de différer indéfiniment une opération qui diminuerait les charges annuelles de la France de 70 millions de francs.

R. B.

Paris, le 1er févier 1880.

Paris. — Imp. Soussens et Cie, 51, rue de Lille.

1 FR. PAR AN　　　52 NUMÉROS

L'INTÉRÊT NATIONAL

PARAISSANT TOUS LES JEUDIS

FINANCE, INDUSTRIE, COMMERCE

Ce Journal donne les renseignements les plus complets sur les affaires actuelles.

Toutes les demandes qui lui sont adressées par correspondance, reçoivent satisfaction par retour du courrier.

Abonnement : 1 franc par an, 13 bis, rue d'Aumale, Paris.

---

www.ingramcontent.com/pod-product-compliance
Lightning Source LLC
LaVergne TN
LVHW010131060726
842524LV00005B/1866